U0105907

猜一猜

新雅文化事業有限公司
www.sunya.com.hk

熊寶寶趣味階梯閱讀（4 至 5 歲）

猜一猜

作　　者：譚麗霞
繪　　圖：野人
責任編輯：黃花窗
美術設計：陳雅琳
出　　版：新雅文化事業有限公司
香港英皇道 499 號北角工業大廈 18 樓
電話：（852）2138 7998
傳真：（852）2597 4003
網址：http://www.sunya.com.hk
電郵：marketing@sunya.com.hk
發　　行：香港聯合書刊物流有限公司
香港新界大埔汀麗路 36 號中華商務印刷大廈 3 字樓
電話：（852）2150 2100
傳真：（852）2407 3062
電郵：info@suplogistics.com.hk
印　　刷：中華商務彩色印刷有限公司
香港新界大埔汀麗路 36 號
版　　次：二〇一七年七月初版

ISBN: 978-962-08-6835-1

18/F, North Point Industrial Building, 499 King's Road, Hong Kong
Published and printed in Hong Kong

導讀

《熊寶寶趣味階梯閱讀》系列的設計是用簡短生動的故事，幫助孩子識字及擴充詞彙量，並從中學習簡單的語法及日常生活常識。這輯的故事是專為四至五歲的孩子而編寫的，這個階段的孩子已認識了一些基本的中文字，他們可以在父母的陪伴引導之下，去讀一些文字較多的圖畫書，進一步增加詞彙量。這輯圖書除了能讓孩子學會更多的常用字詞與基本句式之外，還讓孩子初步學會一些簡單文法及科普知識。

語言學習重點

父母與孩子共讀《猜一猜》時，可以引導孩子多學多講，例如：

❶ **學習不同形狀的名稱。**除了故事中的各種形狀之外，還可以教孩子什麼是橢圓形、梯形、五邊形等。

❷ **讓孩子説説不同玩具的名稱。**例如：拼圖、模型、洋娃娃、玩具車等。

❸ **學習設計簡單的謎題。**

親子閱讀話題

四至五歲的孩子應該學習收拾一些自己的玩具及用品了。家長可以試試跟他用遊戲的方式去學習：「這隻毛毛熊的家在哪裏？是這裏嗎？不是！是那邊嗎？不是！怎麼辦？怎麼辦？它找不到自己的家了！你可以幫幫它嗎？」這樣的話，孩子便不會覺得收拾東西很煩瑣無聊，反而會很快記得應該怎麼做。父母在開始的時候與孩子談談笑笑，一起收拾，再逐漸放手讓孩子自己做，比起什麼都由父母親力親為，對孩子的成長更有益處。他會變得有條有理，並有很好的自理能力，父母的生活也會變得更輕鬆。

譚麗霞

xióng mā ma shuō xióng bǎo bao kuài bǎ dì
熊媽媽說：「熊寶寶，快把地

shang de wán jù shōu shi hǎo
上的玩具收拾好！」

xióng bǎo bao shuō　mā ma　nǐ cāi
熊寶寶說：「媽媽，你猜
cai wǒ huì xiān shí qǐ nǎ yí kuài jī mù
猜我會先拾起哪一塊積木？」

xióng mā ma shuō
熊媽媽說：
shì bu shì sān jiǎo xíng
「是不是三角形
nà kuài
那塊？」

xióng bǎo bao shuō　bú shì　shì zhèng fāng xíng
熊寶寶說：「不是！是正方形

de　nǐ zài cāi cai wǒ huì shí qǐ nǎ yí kuài jī mù
的！你再猜猜我會拾起哪一塊積木？」

xióng mā ma shuō shì
熊媽媽說：「是
bu shì yuán xíng nà kuài
不是圓形那塊？」

xióng bǎo bao shuō　bú shì　shì bàn yuán xíng de
熊寶寶說：「不是！是半圓形的！
nǐ zài cāi cai wǒ huì shí qǐ nǎ yí kuài　shì cháng fāng xíng
你再猜猜我會拾起哪一塊？是長方形
de　liù biān xíng de　hái shi líng xíng de
的，六邊形的，還是菱形的？」

xióng mā ma shuō
熊媽媽說：
wǒ měi cì dōu cāi
「我每次都猜
cuò bù cāi le
錯，不猜了！」

xióng bǎo bao shuō　　nà nǐ cāi yi cāi
熊寶寶說：「那你猜一猜，

wǒ zuì ài shéi
我最愛誰？」

xióng mā ma shuō shì
熊媽媽説：「是

wǒ bú yòng cāi le
我。不用猜了！」

Take a Guess

P.4 ---

P.5 "Bobo Bear," says Mama Bear. "Put away the toys on the ground now!"

P.6 "Mummy," Bobo Bear says. "Guess which block I'm going to pick up first."

P.7 "Is it the triangular one?" asks Mama Bear.

P.8 "No! It's the square one," says Bobo Bear. "Now take a guess - which block am I going to pick up next?"

P.9 "Is it the circular one?" asks Mama Bear.

P.10 “No, it’s the semicircular one,” says Bobo Bear. “Guess again. Which block am I going to pick up next? Is it the rectangular one, the hexagonal one, or the diamond one?”

P.11 “I keep getting it wrong,” says Mama Bear. “I’m not guessing anymore!”

P.12 “Then take a guess,” says Bobo Bear. “Who do I love the most?”

P.13 “That I don’t have to guess,” says Mama Bear. “It’s me!”

語文活動

親子共讀

1. 講述故事前，爸媽先把故事看一遍。
2. 講述故事時，引導孩子透過插圖、自己的相關生活經驗、故事中的重複句式等，來猜測生字的意思和讀音。
3. 爸媽可於親子共讀時，運用以下的問題，幫助孩子理解故事，加深他們對新字詞的認識；並透過故事當中的意義，給予他們心靈的養料。

建議問題：

封 面：從書名《猜一猜》，猜一猜熊寶寶出了什麼謎題？熊媽媽會被考起嗎？

P. 4-5：地上有什麼玩具呢？為何熊媽媽要熊寶寶收拾玩具呢？

P. 6-7：猜一猜熊寶寶會拿起什麼形狀的積木。你跟熊媽媽的想法一樣嗎？

P. 8-9：熊媽媽猜對了嗎？猜一猜熊寶寶第二次會拿起什麼形狀的積木。你跟熊媽媽的想法一樣嗎？

P. 10-11：熊媽媽猜對了嗎？猜一猜熊寶寶第三次會拿起什麼形狀的積木。熊媽媽為什麼不願意再猜呢？

P. 12-13：熊寶寶出了另一條謎題，熊媽媽這次會猜對嗎？為什麼畫面上有這樣多心心？

其 他：你會自己收拾玩具嗎？為什麼要收拾玩具呢？
你最愛誰呢？你會怎樣表達你對家人的愛呢？

4. 與孩子共讀數次後，請孩子以手指點讀的方式，一字一音把故事讀出來。如孩子不會讀某些字詞，爸媽可給予提示，協助孩子完整地把故事讀一次。
5. 待孩子有信心時，可請他自行把故事讀一次。
6. 如孩子已非常熟悉故事，可把故事的角色或情節換成孩子喜愛的，並把相關的字詞寫出來，讓他們從這種改篇故事中獲得更多的閱讀樂趣，以及認識更多新字詞。

識字活動

請撕下字卡，配合以下的識字活動，讓孩子掌握生字的字形、字音和字義。

指物認名：選取適當的字卡，將字卡配對故事中的圖畫或生活中的實物，讓孩子有效地把物件及其名稱聯繫起來。

★ 字卡例子：玩具、積木、圓形

動感識字：選取適當的字卡，為字卡設計配合的動作，與孩子從身體動作中，感知文字內涵的不同意義，例如：情感、動作。

★ 字卡例子：收拾、不用、最愛

字源識字：選取適當的字卡，觀察文字中的圖像元素，推測生字的意思。

★ 字卡例子：一塊、地上，用圓點標示的字同屬「土」部

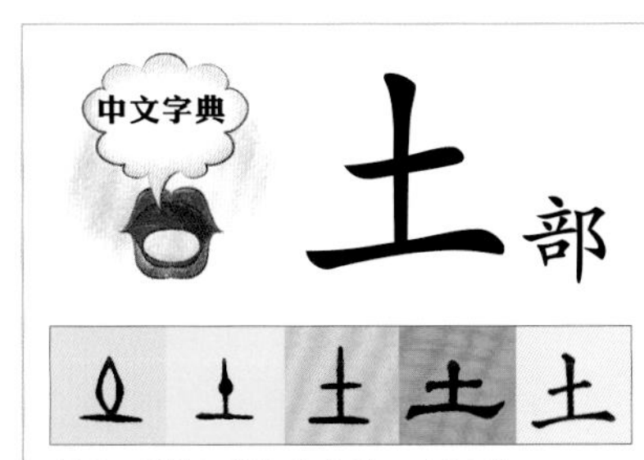

字形：像地面堆起的土丘。（象形）

字源：堆起土丘時，塵土飛散落下。現在的寫法，最底一橫是地面，上面一橫和一豎「十」，表示土丘堆起的範圍。偏旁寫成「土」或「⼟」。

字源識字：土部

句式練習

準備一些實物或道具，與孩子以模擬遊戲的方式，練習以下的句式。

句式： 角色一：是不是 ______ ？

角色二：是！/ 不是！

例子： [預備數件物件，角色二心中選擇其中一件物件]

角色一：是不是紅色的蘋果？

角色二：[按情況回答]

識字遊戲

待孩子熟習本書的生字後，可使用字卡，配合以下適當的識字遊戲，讓孩子從遊戲中温故知新。

記憶無限：選取一些字卡，爸媽説出數張字卡上的字，請孩子按正確次序説出及排列字卡，讓孩子從遊戲中複習字音和字形，並增強記憶力。

小貼士 可由 2 張字卡開始，然後逐步增加數量。選取字卡時，可挑選有意思的組合，例如：「一塊 + 積木」、「正方形 + 的 + 積木」、「拾起 + 正方形 + 的 + 積木」，讓孩子從遊戲中學習有意義的詞組。

文字拼圖：選取一些字卡，放大並複寫在圖畫紙上，然後剪成數塊，供孩子拼砌，讓他在拼砌的過程中更熟悉生字的字形結構，從遊戲中複習字形。

小貼士 遊戲初期可提供原來的字卡供孩子參照。

來配對：選取「三角形」、「正方形」、「圓形」、「半圓形」、「長方形」、「六邊形」、「菱形」字卡，爸媽出示其中一張形狀字卡，請孩子從家中找出相關形狀的物件，並介紹該物件，例如：三角形的三明治，讓孩子從遊戲中複習字義，並加深對各種形狀的認知。

小貼士 可預備白卡，寫上額外的關於形狀的字詞供遊戲之用。

熊寶寶趣味階梯閱讀（4至5歲）

玩具

猜一猜

熊寶寶趣味階梯閱讀（4至5歲）

積木

猜一猜

熊寶寶趣味階梯閱讀（4至5歲）

三角形

猜一猜

熊寶寶趣味階梯閱讀（4至5歲）

正方形

猜一猜

熊寶寶趣味階梯閱讀（4至5歲）

圓形

猜一猜

熊寶寶趣味階梯閱讀（4至5歲）

半圓形

猜一猜

熊寶寶趣味階梯閱讀（4至5歲）

長方形

猜一猜

熊寶寶趣味階梯閱讀（4至5歲）

六邊形

猜一猜

熊寶寶趣味階梯閱讀（4至5歲）

菱形

猜一猜

熊寶寶趣味階梯閱讀（4至5歲）

收拾

猜一猜

熊寶寶趣味階梯閱讀（4至5歲）

拾起

猜一猜

熊寶寶趣味階梯閱讀（4至5歲）

每次

猜一猜

熊寶寶趣味階梯閱讀（4至5歲）

猜猜

 猜一猜

熊寶寶趣味階梯閱讀（4至5歲）

最愛

 猜一猜

熊寶寶趣味階梯閱讀（4至5歲）

的

 猜一猜

熊寶寶趣味階梯閱讀（4至5歲）

哪

 猜一猜

熊寶寶趣味階梯閱讀（4至5歲）

一塊

 猜一猜

熊寶寶趣味階梯閱讀（4至5歲）

是

 猜一猜

熊寶寶趣味階梯閱讀（4至5歲）

不是

 猜一猜

熊寶寶趣味階梯閱讀（4至5歲）

地上

 猜一猜

熊寶寶趣味階梯閱讀（4至5歲）

再

 猜一猜

熊寶寶趣味階梯閱讀（4至5歲）

先

 猜一猜

熊寶寶趣味階梯閱讀（4至5歲）

不用

 猜一猜

熊寶寶趣味階梯閱讀（4至5歲）

你

 猜一猜